Las cartas de Gustavo Adolfo Bécquer. A una mujer

Gustavo Adolfo Bécquer

Las cartas de Gustavo Adolfo Bécquer. A una mujer

Gustavo Adolfo Bécquer

LAS CARTAS DE GUSTAVO ADOLFO BÉCQUER. A UNA MUJER.

Esmeralda Publishing LLC.

Antecedentes:

Las obras que integran este título fueron publicadas originalmente entre 1860 y 1861.

Para más información, visite nuestro sitio web: www.esmeraldapublishing.com

Esmeralda Publishing y su logo son marcas registradas de Esmeralda Publishing LLC.

ISBN: 978-1-64800-036-2

Información de portada:

Lady Lilith (1872) – Dante Gabriel Rossetti

Diseño: Ariel Wajnerman

I

En una ocasión me preguntaste:

—¿Qué es la poesía?

¿Te acuerdas? No sé a qué propósito había yo hablado algunos momentos antes de mi pasión por ella.

—¿Qué es la poesía? —me dijiste.

Yo, que no soy muy fuerte en esto de las definiciones, te respondí titubeando:

—La poesía es... es...

Sin concluir la frase buscaba inútilmente en mi memoria un término de comparación, que no acertaba a encontrar.

Tú habías adelantado un poco la cabeza para escuchar mejor mis palabras; los negros rizos de tus cabellos, esos cabellos que tan bien sabes dejar a su antojo sombrear tu frente, con un abandono tan artístico, pendían de tu sien y bajaban rozando tu mejilla hasta descansar en tu seno; en tus pupilas húmedas y azules como el cielo de la noche, brillaba un punto de luz, y tus labios se entreabrían ligeramente al impulso de una respiración perfumada y suave.

Mis ojos, que, a efecto sin duda de la turbación que experimentaba, habían errado un instante sin fijarse en ningún sitio, se volvieron instintivamente hacia los tuyos, y exclamé al fin:

—¡La poesía... la poesía eres tú!

¿Te acuerdas? Yo aún tengo presente el gracioso ceño de curiosidad burlada, el acento mezclado de pasión y amargura con que me dijiste:

—¿Crees que mi pregunta solo es hija de una vana curiosidad de mujer? Te equivocas. Yo deseo saber lo que es la poesía, porque deseo pensar lo que tú piensas, hablar de lo que tú hablas, sentir lo que tú sientes; penetrar, por último, en ese misterioso santuario en donde a veces se refugia tu alma y cuyo umbral no puede traspasar la mía.

Cuando llegaba a este punto se interrumpió nuestro diálogo. Ya sabes por qué. Algunos días han trascurrido. Ni tú ni yo lo hemos vuelto a renovar y, sin embargo, por mi parte no he dejado de pensar en él. Tú sientes, sin duda, que la frase con que contesté a tu extraña interrogación equivalía a una evasiva galante.

¿Por qué no hablar con franqueza? En aquel momento di aquella definición porque la sentí, sin saber siquiera si decía un disparate. Después lo he pensado mejor, y no dudo al repetirlo; la poesía eres tú. ¿Te sonríes? Tanto peor para los dos. Tu incredulidad nos va a costar; a ti, el trabajo de leer un libro, y a mí, el de componerlo.

—¡Un libro! —exclamas palideciendo y dejando escapar de tus manos esta carta—. No te asustes. Tú lo sabes bien: un libro mío no puede ser muy largo. Erudito, sospecho que tampoco. Insulso, tal vez; mas para ti, escribiéndolo yo, presumo que no lo será, y para ti lo escribo.

Sobre la poesía no ha dicho nada casi ningún poeta; pero, en cambio, hay bastante papel borrado por muchos que no lo son.

El que la siente se apodera de una idea, la envuelve en una forma, la arroja en el estadio del saber, y pasa. Los críticos se lanzan entonces sobre esa forma, la examinan, la disecan, y creen haberla comprendido, cuando han hecho su análisis.

La disección podrá revelar el mecanismo del cuerpo humano; pero los fenómenos del alma, el secreto de la vida, ¿cómo se estudian en un cadáver?

No obstante, sobre la poesía se han dado reglas, se han atestado infinidad de volúmenes, se enseña en las universidades, se discute en los círculos literarios y se explica en los ateneos.

No te extrañes. Un sabio alemán ha tenido la humorada de reducir a notas y encerrar en las cinco líneas de una pauta el misterioso lenguaje de los ruiseñores. Yo, si he de decir la verdad, todavía ignoro qué es lo que voy a hacer; así es que no puedo anunciártelo anticipadamente.

Solo te diré, para tranquilizarte, que no te inundaré en ese diluvio de términos que pudiéramos llamar facultativos, ni te citaré autores que no conozco, ni sentencias en idiomas que ninguno de los dos entendemos.

Antes de ahora te lo he dicho. Yo nada sé, nada he estudiado, he leído un poco, he sentido bastante y he pensado mucho, aunque no acertaré a decir si bien o mal. Como solo de lo que he sentido y he pensado he de hablarte, te bastará sentir y pensar para comprenderme.

Herejías históricas, filosóficas y literarias presiento que voy a decir muchas. No importa. Yo no pretendo enseñar a nadie, ni erigirme en autoridad, ni hacer que mi libro se declare de texto.

Quiero hablarte un poco de literatura, siquiera no sea más que por satisfacer un capricho tuyo; quiero decirte lo que sé de una manera intuitiva, comunicarte mi opinión y tener al menos el gusto de saber que si nos equivocamos, nos equivocamos los dos; lo cual, dicho sea de paso, para nosotros equivale a acertar.

La poesía eres tú, te he dicho, porque la poesía es el sentimiento, y el sentimiento es la mujer.

La poesía eres tú, porque esa vaga aspiración a lo bello que la caracteriza, y que es una facultad de la inteligencia en el hombre, en ti pudiera decirse que es un instinto.

La poesía eres tú, porque el sentimiento que en nosotros es un fenómeno accidental, y pasa como una ráfaga de aire, se halla tan íntimamente unido a tu organización especial, que constituye una parte de ti misma.

Últimamente, la poesía eres tú, porque tú eres el foco de donde parten sus rayos.

El genio verdadero tiene algunos atributos extraordinarios, que Balzac llama femeninos y que, efectivamente, lo son. En la escala de la inteligencia del poeta hay notas que pertenecen a la de la mujer, y estas son las que expresan la ternura, la pasión y el sentimiento. Yo no sé por qué los poetas y las mujeres no se entienden mejor entre sí. Su manera de sentir tiene tantos puntos de contacto... Quizá por eso... Pero dejemos digresiones y volvamos al asunto.

Decíamos... ¡Ah, sí, hablábamos de la poesía!

La poesía es en el hombre una cualidad puramente del espíritu; reside en su alma, vive con la vida incorpórea de la idea, y para revelarla necesita darla una forma. Por eso la escribe.

En la mujer, sin embargo, la poesía está como encarnada en su ser; su aspiración, sus presentimientos, sus pasiones y su destino son poesía: vive, respira, se mueve en una indefinible atmósfera de idealismo que se desprende de ella, como un fluido luminoso y magnético; es, en una palabra, el verbo poético hecho carne.

Sin embargo, a la mujer se la acusa vulgarmente de prosaísmo. No es extraño: en la mujer es poesía casi todo lo que piensa, pero muy poco de lo que habla. La razón, yo la adivino, y tú la sabes. Quizá cuanto te he dicho lo habrás encontrado confuso y vago. Tampoco debe maravillarte. La poesía es al saber de la humanidad lo que el amor a las otras pasiones. El amor es un misterio. Todo en él son fenómenos a cual más inexplicables; todo en él es ilógico; todo en él es vaguedad y absurdo.

La ambición, la envidia, la avaricia, todas las demás pasiones tienen su explicación y aun su objeto, menos la que fecundiza el sentimiento y lo alimenta.

Yo, sin embargo, la comprendo; la comprendo por medio de una revelación intensa, confusa e inexplicable.

Deja esta carta, cierra tus ojos al mundo exterior que te rodea, vuélvelos a tu alma, presta atención a los confusos rumores que se elevan de ella, y acaso lo comprenderás como yo.

II

En mi anterior te dije que la poesía eras tú, porque tú eres la más bella personificación del sentimiento, y el verdadero espíritu de la poesía no es otro.

A propósito de esto, la palabra *amor* se deslizó de mi pluma en uno de los párrafos de mi carta.

De aquel párrafo hice el último. Nada más natural. Voy a decirte el porqué. Existe una preocupación bastante generalizada, aun entre las personas que se dedican a dar formas a lo que piensan, que, a mi modo de ver, es, sin parecerlo, una de las mayores.

Si hemos de dar crédito a los que de ella participan, es una verdad tan innegable que se puede elevar a la categoría de axioma el que nunca se vierte la idea con tanta vida y precisión como en el momento en que esta se levanta semejante a un gas desprendido y enardece la fantasía y hace vibrar todas las fibras sensibles, cual si las tocase alguna chispa eléctrica.

Yo no niego que suceda así. Yo no niego nada; pero, por lo que a mí toca, puedo asegurarte que cuando siento no escribo. Guardo, sí, en mi cerebro escritas, como en un libro misterioso, las impresiones que han dejado en él su huella al pasar; estas ligeras y ardientes hijas de la sensación duermen allí agrupadas en el fondo de mi memoria hasta el instante en que, puro, tranquilo, sereno y revestido, por decirlo así, de un poder sobrenatural, mi espíritu las evoca y tienden sus alas trasparentes, que bullen con un zumbido extraño, y cruzan otra vez a mis ojos como en una visión luminosa y magnífica.

Entonces no siento ya con los nervios que se agitan, con el pecho que se oprime, con la parte orgánica y material que se conmueve al rudo choque de las sensaciones producidas por la pasión y los afectos; siento, sí, pero de una manera que puede llamarse artificial; escribo como el que copia de una página ya escrita; dibujo como el pintor que reproduce el paisaje que se dilata ante sus ojos y se pierde entre la bruma de los horizontes.

Todo el mundo siente. Solo a algunos seres les es dado el guardar como un tesoro la memoria viva de lo que han sentido. Yo creo que estos son los poetas. Es más, creo que únicamente por esto lo son.

Efectivamente, es más grande, más hermoso, figurarse al genio ebrio de sensaciones y de inspiraciones, trazando a grandes rasgos, temblorosa la mano con la ira, llenos aún los ojos de lágrimas o profundamente conmovido por la piedad, esas tiradas de poesía que más tarde son la admiración del mundo; pero ¿qué quieres?, no siempre la verdad es lo más sublime.

¿Te acuerdas? No hace mucho que te lo dije a propósito de una cuestión parecida.

Cuando un poeta te pinta en magníficos versos su amor, duda. Cuando te lo dé a conocer en prosa, y mala, cree.

Hay una parte mecánica, pequeña y material en todas las obras del hombre, que la primitiva, la verdadera inspiración desdeña en sus ardientes momentos de arrebato.

Sin saber cómo, me he distraído del asunto. Como quiera que lo he hecho por darte una satisfacción, espero que tu amor propio sabrá disculparme. ¿Qué mejor intermediario que este para con una mujer?

No te enojes. Es uno de los muchos puntos de contacto que tenéis con los poetas, o que estos tienen con vosotras.

Sé, porque lo sé, aun cuando tú no me lo has dicho, que te quejas de mí, porque al hablar del amor detuve mi pluma y terminé mi primera carta como enojado de la tarea.

Sin duda, ¿a qué negarlo?, pensaste que esta fecunda idea se esterilizó en mi mente por falta de sentimiento. Ya te he demostrado tu error.

Al estamparla, un mundo de ideas confusas y sin nombre se elevaron en tropel en mi cerebro y pasaron volteando alrededor de mi frente, como una fantástica ronda de visiones quiméricas. Un vértigo nubló mis ojos.

¡Escribir! ¡Oh! Si yo pudiera haber escrito entonces, no me cambiaría por el primer poeta del mundo.

Mas... entonces lo pensé y ahora lo digo. Si yo siento lo que siento para hacer lo que hago, ¿qué gigante océano de luz y de inspiración no se agitaría en la mente de esos hombres que han escrito lo que a todos nos admira?

Si tú supieras cómo las ideas más grandes se empequeñecen al encerrarse en el círculo de hierro de la palabra; si tú supieras qué diáfanas, qué ligeras, qué impalpables son las gasas de oro que flotan en la imaginación al envolver esas misteriosas figuras que crea y de las que solo acertamos a reproducir el descarnado esqueleto; si tú supieras cuan imperceptible es el hilo de luz que ata entre sí los pensamientos más absurdos que nadan en su caos; si tú supieras... Pero ¿qué digo? Tú lo sabes, tú debes saberlo.

¿No has soñado nunca? Al despertar, ¿te ha sido alguna vez posible referir, con toda su inexplicable vaguedad y poesía, lo que has soñado?

El espíritu tiene una manera de sentir y comprender especial, misteriosa, porque él es un arcano; inmensa, porque él es infinito; divina, porque su esencia es santa.

¿Cómo la palabra, cómo un idioma grosero y mezquino, insuficiente a veces para expresar las necesidades de la materia, podrá servir de digno intérprete entre dos almas?

Imposible.

Sin embargo, yo procuraré apuntar, como de pasada, algunas de las mil ideas que me agitaron durante aquel sueño magnífico, en que vi al amor, envolviendo la humanidad como en un fluido de fuego, pasar de un siglo en otro, sosteniendo la incomprensible atracción de los espíritus, atracción semejante a la de los astros, y revelándose al mundo exterior por medio de la poesía, único idioma que acierta a balbucear algunas de las frases de su inmenso poema.

Pero ¿lo ves? Ya quizá ni tú me entiendes ni yo sé lo que me digo. Hablemos como se habla. Procedamos con orden, ¡El orden! ¡Lo detesto, y, sin embargo, es tan preciso para todo!...

La poesía es el sentimiento, pero el sentimiento no es más que un efecto, y todos los efectos proceden de una causa más o menos conocida. ¿Cuál lo será? ¿Cuál podrá serlo de este divino arranque de entusiasmo, de esta vaga y melancólica aspiración del alma, que se traduce al lenguaje de los hombres por medio de sus más suaves armonías, sino el amor?

Sí; el amor es el manantial perenne de toda poesía, el origen fecundo de todo lo grande, el principio eterno de todo lo bello; y digo el amor porque la religión, nuestra religión, sobre todo, es un amor también, es el amor más puro, más hermoso, el único infinito que se conoce; y solo a estos dos astros de la inteligencia puede volverse el hombre cuando desea luz que alumbre su camino, inspiración que fecundice su vena estéril y fatigada.

El amor es la causa de sentimiento; pero... ¿qué es el amor? Ya lo ves: el espacio me falta, el asunto es grande, y... ¿te sonríes?... ¿Crees que voy a darte una excusa fútil para interrumpir mi carta en este sitio?

No; ya no recurriré a los fenómenos del mío para disculparme de no hablar del amor. Te lo confesaré ingenuamente: tengo miedo.

Algunos días, solo algunos, y te lo juro, te hablaré del amor, a riesgo de escribir un millón de disparates.

—¿Por qué tiemblas? —dirás sin duda—. ¿No hablan de él a cada paso las gentes que ni aun lo conocen? ¿Por qué no has de hablar tú, tú que dices que lo sientes?

¡Ay! Acaso por lo mismo que ignoran lo que es, se atreven a definirlo.

¿Vuelves a sonreírte?... Créeme: la vida está llena de estos absurdos.

III

¿Qué es el amor?

A pesar del tiempo trascurrido, creo que debes acordarte de lo que te voy a referir. La fecha en que aconteció, aunque no la consigne la historia, será siempre una fecha memorable para nosotros.

Nuestro conocimiento solo databa de algunos meses; era verano y nos hallábamos en Cádiz. El rigor de la estación no nos permitía pasear sino al amanecer o durante la noche. Un día... digo mal, no era día aún: la dudosa claridad del crepúsculo de la mañana teñía de un vago azul el cielo, la luna se desvanecía en el ocaso, envuelta en una bruma violada, y lejos, muy lejos, en la distante lontananza del mar, las nubes se coloraban de amarillo y rojo, cuando la brisa precursora de la luz, levantándose del océano, fresca e impregnada en el marino perfume de las olas, acarició, al pasar, nuestras frentes.

La naturaleza comenzaba entonces a salir de su letargo con un sordo murmullo. Todo a nuestro alrededor estaba en suspenso y como aguardando una señal misteriosa para prorrumpir en el gigante himno de alegría de la creación que despierta.

Nosotros, desde lo alto de la fortísima muralla que ciñe y defiende la ciudad, y a cuyos pies se rompen las olas con un gemido, contemplábamos con avidez el solemne espectáculo que se ofrecía a nuestros ojos. Los dos guardábamos un silencio profundo y, no obstante, los dos pensábamos una misma cosa.

Tú formulaste mi pensamiento al decirme:

—¿Qué es el sol?

En aquel momento el astro, cuyo disco comenzaba a chispear en el límite del horizonte, rompió el seno de los mares. Sus rayos se tendieron rapidísimos sobre su inmensa llanura; el cielo, las aguas y la tierra se inundaron de claridad, y todo resplandeció como si un océano de luz se hubiese volcado sobre el mundo.

En las crestas de las olas, en los ribetes de las nubes, en los muros de la ciudad, en el vapor de la mañana, sobre nuestras cabezas, a nuestros pies, en todas partes, ardía la pura lumbre del astro y flotaba una atmósfera luminosa y trasparente, en la que nadaban encendidos los átomos del aire.

Tus palabras resonaban aún en mi oído:

—¿Qué es el sol? —me habías preguntado.

—Eso —respondí, señalándote su disco, que volteaba oscuro y franjado de fuego en mitad de aquella diáfana atmósfera de oro; y tu pupila y tu alma se llenaron de luz, y en la indescriptible expresión de tu rostro conocí que lo habías comprendido.

Yo ignoraba la definición científica con que pude responder a tu pregunta; pero, de todos modos, en aquel instante solemne estoy seguro de que no te hubiera satisfecho.

¡Definiciones! Sobre nada se han dado tantas como sobre las cosas indefinibles. La razón es muy sencilla: ninguna de ellas satisface, ninguna es exacta, por lo que cada cual se cree con derecho para formular la suya.

¿Qué es el amor? Con esta frase concluí mi carta de ayer, y con ella he comenzado la de hoy. Nada me sería más fácil que resolver, con el apoyo de una autoridad, esta cuestión que yo mismo me propuse al decirte que es la fuente del sentimiento. Llenos están los libros de definiciones sobre este punto. Las hay en griego y en árabe, en chino y en latín, en copto y en ruso... ¿Qué se yo? En todas las lenguas, muertas o vivas, sabias o ignorantes, que se conocen. Yo he leído algunas y me he hecho traducir otras. Después de conocerlas casi todas, he puesto la mano sobre mi corazón, he consultado mis sentimientos y no he podido menos de repetir con Hamlet: "¡Palabras, palabras, palabras!".

Por eso he creído más oportuno recordarte una escena pasada que tiene alguna analogía con nuestra situación presente, y decirte ahora como entonces:

—¿Quieres saber lo que es el amor? Recógete dentro de ti misma, y si es verdad que lo abrigas en tu alma, siéntelo y lo comprenderás, pero no me lo preguntes.

Yo solo te podré decir que él es la suprema ley del universo; ley misteriosa por la que todo se gobierna y rige, desde el átomo inanimado hasta la criatura racional; que de él parten y a él convergen como a un centro de irresistible atracción todas nuestras ideas y acciones; que está, aunque oculto, en el fondo de toda cosa y —efecto de una primera causa, Dios— es, a su vez, origen de esos mil pensamientos desconocidos, que todos ellos son poesía, poesía verdadera y espontánea que la mujer no sabe formular, pero que siente y comprende mejor que nosotros.

Sí. Que poesía es, y no otra cosa, esa aspiración melancólica y vaga que agita tu espíritu con el deseo de una perfección imposible.

Poesía, esas lágrimas involuntarias que tiemblan un instante en tus párpados, se desprenden en silencio, ruedan y se evaporan como un perfume.

Poesía, el gozo improviso que ilumina tus facciones con una sonrisa suave, y cuya oculta causa ignoras donde está.

Poesía son, por último, todos esos fenómenos inexplicables que modifican el alma de la mujer cuando despierta al sentimiento y la pasión.

¡Dulces palabras que brotáis del corazón, asomáis al labio y morís sin resonar apenas, mientras que el rubor enciende las mejillas! ¡Murmullos extraños de la noche, que imitáis los pasos del amante que se espera! ¡Gemidos del viento, que fingís una voz querida que nos llama entre las sombras! ¡Imágenes confusas, que pasáis cantando una canción sin ritmo ni palabras, que solo percibe y entiende el espíritu! ¡Febriles exaltaciones de la pasión, que dais colores y forma a las ideas más abstractas! ¡Presentimientos incomprensibles, que ilumináis como un relámpago nuestro porvenir! ¡Espacios sin límites, que os abrís ante los ojos del alma, ávida de inmensidad, y la arrastráis a vuestro seno, y la saciáis de infinito! ¡Sonrisas, lágrimas, suspiros y deseos, que formáis el misterioso cortejo del amor! ¡Vosotros sois la poesía, la verdadera poesía que puede encontrar un eco, producir una sensación, o despertar una idea!

Y todo este tesoro inagotable de sentimiento, todo este animado poema de esperanza y de abnegaciones, de sueños y de tristezas, de alegrías y de lágrimas, donde cada sensación es una estrofa y cada pasión un canto, todo está contenido en vuestro corazón de mujer.

Un escritor francés ha dicho, juzgando a un músico ya célebre, el autor del *Tannhauser*: "Es un hombre de talento, que hace todo lo posible por disimularlo, pero que a veces no lo puede conseguir y, a su pesar, lo demuestra".

Respecto a la poesía de vuestras almas, puede decirse lo mismo.

Pero ¡qué!, ¿frunces el ceño y arrojas la carta?... ¡Bah! No te incomodes... Sabe de una vez y para siempre que, tal como os manifestáis, yo creo, y conmigo lo creen todos, que las mujeres son la poesía del mundo.

IV

El amor es poesía; la religión es amor. Dos cosas seme-
jantes a una tercera son iguales entre sí.

He aquí el axioma que debía ahorrarme el trabajo de
escribir una nueva carta. Sin embargo, yo mismo conozco
que esta conclusión matemática, que en efecto lo parece,
así puede ser una verdad como un sofisma.

La lógica sabe fraguar razonamientos inatacables que, a
pesar de todo, no convencen. ¡Con tanta facilidad se sacan
deducciones precisas de una base falsa!

En cambio, la convicción íntima suele persuadir, aunque
en el método del raciocinio reine el mayor desorden. ¡Tan
irresistible es el acento de la fe!

La religión es amor, y porque es amor es poesía. He aquí
el tema que me he propuesto desenvolver hoy.

Al tratar un asunto tan grande en tan corto espacio y con
tan escasa ciencia como la de que yo dispongo, solo me ani-

ma una esperanza: si para persuadir basta creer, yo siento lo que escribo.

***

Hace ya mucho tiempo —yo no te conocía, y con esto excuso el decir que aún no había amado— sentí en mi interior un fenómeno inexplicable. Sentí, no diré un vacío, porque, sobre ser vulgar, no es esta la frase propia; sentí en mi alma y en todo mi ser como una plenitud de vida, como un desbordamiento de actividad moral que, no encontrando objeto en que emplearse, se elevaba en forma de ensueños y fantasías, ensueños y fantasías en los cuales buscaba en vano la expansión, estando como estaban dentro de sí mismo.

Tapa y coloca al fuego un vaso con un líquido cualquiera. El vapor, con un ronco hervidero, se desprende del fondo y sube, y pugna por salir, y vuelve a caer deshecho en menudas gotas, y torna a elevarse, y torna a deshacerse, hasta que, al cabo, estalla comprimido, y quiebra la cárcel que le detiene. Este es el secreto de la muerte prematura y misteriosa de algunas mujeres y de algunos poetas, arpas que se rompen sin que nadie haya arrancado una melodía de sus cuerdas de oro.

Esta era la verdad de la situación de mi espíritu, cuando aconteció lo que voy a referirte.

Estaba en Toledo; en Toledo, la ciudad sombría y melancólica por excelencia. Allí cada lugar recuerda una historia, cada piedra un siglo, cada monumento una civilización; historias, siglos y civilizaciones que han pasado, y cuyos actores tal vez son ahora el polvo oscuro que arrastra el viento en remolinos, al silbar en sus estrechas y tortuosas calles. Sin embargo, por un contraste maravilloso, allí donde todo parece muerto, donde no se ven más que ruinas, donde solo se tropieza con rotas columnas y destrozados capiteles, mudos sarcasmos de la loca aspiración del hombre a perpetuarse, diríase que el alma, sobrecogida de terror y sedienta de inmortalidad, busca algo eterno en donde refugiarse y, como el náufrago que se ase de una tabla, se tranquiliza al recordar su origen.

Un día entré en el antiguo convento de San Juan de los Reyes. Me senté en una de las piedras de su ruinoso claustro, y me puse a dibujar. El cuadro que se ofrecía a mis ojos era magnífico. Largas hileras de pilares que sustentan una bóveda cruzada de mil y mil crestones caprichosos; anchas ojivas caladas, como los encajes de un rostrillo; ricos doseletes de granito con caireles de hiedra, que suben por entre las labores, como afrentando a las naturales, ligeras creaciones del cincel, que parece han de agitarse al soplo del viento; estatuas vestidas de luengos paños, que flotan como al andar; caprichos fantásticos, gnomos, hipogrifos, dragones y reptiles sin número que, ya asoman por cima de un capitel, ya corren por las cornisas, se enroscan en las guirnaldas de trébol; galerías que se prolongan y que se pierden; árboles que inclinan sus ramas sobre una fuente, flores risueñas, pájaros bulliciosos formando contraste con las tristes ruinas y las calladas naves y, por último, el cielo, un pedazo de cielo azul que se ve más allá de las crestas de pizarra de los miradores a través de los calados de un rosetón.

En tu álbum tienes mi dibujo: una reproducción pálida, imperfecta, ligerísima de aquel lugar; pero que, no obstante, puede darte una idea de su melancólica hermosura. No ensayaré, pues, describiéndotela con palabras, inútiles tantas veces.

Sentado, como te dije, en una de las rotas piedras, trabajé en él toda la mañana, torné a emprender mi tarea a la tarde, y permanecí absorto en mi ocupación hasta que comenzó a faltar la luz. Entonces, dejando a un lado el lápiz y la cartera, tendí una mirada por el fondo de las solitarias galerías y me abandoné a mis pensamientos.

El sol había desaparecido. Solo turbaban el alto silencio de aquellas ruinas el monótono rumor del agua de aquella fuente, el trémulo murmullo del viento, que suspiraba en los claustros, y el temeroso y confuso rumor de las hojas de los árboles, que parecían hablar entre sí en voz baja.

Mis deseos comenzaron a hervir y a levantarse en vapor de fantasías. Busqué a mi lado a una mujer, a una persona a quien comunicar mis sensaciones. Estaba solo. Entonces me acordé de esta verdad, que había leído en no sé qué autor: "La soledad es muy hermosa... cuando se tiene junto alguien a quien decírselo".

No había aún concluido de repetir esta frase célebre, cuando me pareció ver levantarse a mi lado, y de entre las sombras, una figura ideal, cubierta con una túnica flotante y ceñida la frente de una aureola. Era una de las estatuas del claustro derruido, una escultura, que arrancada de un pedestal y arrimada al muro en que me había recostado, yacía allí, cubierta de polvo y medio escondida entre el follaje, junto a la rota losa de un sepulcro y el capitel de una columna. Más allá, a lo lejos, y veladas por las penumbras y la oscuridad de las extensas bóvedas, se distinguían confusamente algunas otras imágenes: vírgenes con sus palmas y sus nimbos; monjes con sus báculos y sus capuchas; eremitas con sus libros y sus cruces; mártires con sus emblemas y sus aureolas, toda una generación de granito, silenciosa e inmóvil, pero en cuyos rostros había grabado el cincel la huella del ascetismo y una expresión de beatitud y serenidad inefables.

—He aquí —exclamé— un mundo de piedra; fantasmas inanimados de otros seres que han existido y cuya memoria legó a las épocas venideras un siglo de entusiasmo y de fe. Vírgenes solitarias, austeros cenobitas, mártires esforzados, que, como yo, vivieron sin amores ni placeres; que, como yo, arrastraron una existencia oscura y miserable, solos con sus pensamientos y el ardiente corazón inerte bajo el sayal, como un cadáver en su sepulcro.

Volví a fijarme en aquellas facciones angulosas y expresivas; volví a examinar aquellas figuras secas, altas, espirituales y serenas, y proseguí diciendo:

—¿Es posible que hayáis vivido sin pasiones, ni temor, ni esperanzas, ni deseos? ¿Quién ha recogido las emanaciones de amor que, como un aroma, se desprenderían de vuestras almas? ¿Quién ha saciado la sed de ternura que abrasaría vuestros pechos en la juventud? ¿Qué espacios ni límites se abrieron a los ojos de vuestros espíritus, ávidos de inmensidad, al despertarse al sentimiento...?

La noche había cerrado poco a poco. A la dudosa claridad del crepúsculo había sustituido una luz tibia y azul: la luz de la luna que, velada un instante por los oscuros capiteles de la torre, bañó en aquel momento con un rayo plateado los pilares de la desierta galería.

Entonces reparé en que todas aquellas figuras, cuyas largas sombras se proyectaban en los muros y en el pavimento, cuyas flotantes ropas parecían moverse, en cuyas demacradas facciones brillaba una expresión indescriptible, santo y sereno gozo, tenían sus pupilas sin luz vueltas al cielo, como si el escultor quisiera asemejar que sus miradas se perdían en el infinito buscando a Dios.

A Dios, foco eterno y ardiente de hermosura, al que se vuelve con los ojos, como a un polo de amor, el sentimiento de la tierra.

NOTAS PARA LA EDICIÓN DE 2021

1) Contexto histórico

El siglo XIX es una época turbulenta para España. Comienza con la invasión francesa en 1808 y su consiguiente guerra de independencia, y termina con el conflicto hispano-estadounidense, también conocido como el Desastre del 98, estocada final al corazón del Imperio Español.

2) Contexto literario

En lo político y social, el país sufre grandes cambios, al compás de enroques dinásticos, ensayos republicanos y una restauración monárquica. En sintonía con los principales países del continente, España ve nacer, prosperar y coexistir diversos movimientos artísticos, a menudo contrapuestos.

En este contexto, Bécquer es un exponente fundamental del romanticismo tardío, aunque escribe en pleno auge del realismo. Alejado de la pomposidad y los lugares comunes de la época, tanto en su prosa como en su poesía, ensaya una nueva encarnación del romanticismo, distanciado de la retórica y procurando alcanzar un intimismo lírico, ornado en su justa medida.

Bécquer poeta dice tanto con sus palabras como con aquello que insinúa, y sus breves poemas dejan suspendidas un sinfín de evocaciones en cadencia musical. Como prosista, es un maestro del género en la lengua castellana, en particular del relato gótico y la prosa lírica, en los que integra elementos de su poesía.

Con Rosalía de Castro, Bécquer es un pionero de la lírica moderna, al tiempo que sirve de puente con corrientes del romanticismo más ortodoxo, integrando con éxito la poesía popular (sin caer en el costumbrismo realista) y la "estética del sentimiento".

3) Biografía

Bécquer nace en Sevilla el 17 de febrero de 1836, en el seno de una familia de artistas de origen noble y con raíces flamencas, aunque establecida en Andalucía desde el siglo XVII.

Huérfano a temprana edad, Gustavo Adolfo es adoptado por su tía materna junto a sus numerosos hermanos. El más allegado, Valeriano, se destaca en la pintura. Bécquer estudia en el Real Colegio de Humanidades de San Telmo de Sevilla, hasta su cierre por el Estado.

El 19 de mayo de 1861, contrae matrimonio con Casta Esteban y Navarro, en Madrid, con quien tiene tres hijos. Tras ejercer algunos oficios, se destaca como cronista de salones y, en paralelo, comienza a escribir para complementar el ajustado ingreso familiar.

En 1863 tiene una recaída de tuberculosis y se traslada con Valeriano al Monasterio de Veruela (Zaragoza), lugar de tratamiento para esta enfermedad. En el antiguo monasterio encuentra fuente de inspiración para los relatos románticos de *Leyendas* y para las *Cartas desde mi celda*, publicadas estas últimas originalmente en el periódico *El confidencial*. Es una etapa seminal de su producción artística.

Tras su recuperación, trabaja como censor de novelas en Madrid entre 1864 y 1868; en 1870, con la muerte de su inseparable hermano Valeriano de por medio, es nombrado director de *La Ilustración* de Madrid.

Muere en Madrid a los 34 años, el 22 de diciembre de ese mismo año.

4) Legado literario

La influencia de Gustavo Adolfo Bécquer en la poesía en español es mayúscula. Aunque es justo clasificarlo como escritor romántico, el calificativo queda corto. En su obra es innegable la sensibilidad del simbolismo, e incluso se observan rasgos de modernismo.

Su influjo se aprecia en la obra de varias generaciones de autores hispanoamericanos, entre los que se cuentan Delmira Agustini, Rubén Darío, Leopoldo Lugones y Amado Nervo.

***

El arte poética de Bécquer, que con tanta habilidad nos presenta en estas *Cartas*, se encarna en sus célebres *Rimas*. A continuación figura una muestra representativa de esta obra.

Selección de *Rimas*

I

Yo sé un himno gigante y extraño
que anuncia en la noche del alma una aurora,
y estas páginas son de ese himno
cadencias que el aire dilata en las sombras.

Yo quisiera escribirle, del hombre
domando el rebelde, mezquino idioma,
con palabras que fuesen a un tiempo
suspiros y risas, colores y notas.

Pero en vano es luchar, que no hay cifra
capaz de encerrarlo, y apenas, ¡oh, hermosa!,
si teniendo en mis manos las tuyas,
pudiera, al oído, contártelo a solas.

II

Saeta que voladora
cruza, arrojada al azar,
sin adivinarse dónde
temblando se clavará;

hoja que del árbol seca
arrebata el vendaval,
sin que nadie acierte el surco
donde a caer volverá;

gigante ola que el viento
riza y empuja en el mar,
y rueda y pasa, y no sabe
qué playa buscando va;

luz que en cercos temblorosos
brilla, próxima a expirar,
ignorándose cuál de ellos
el último brillará;

eso soy yo, que al ocaso
cruzo el mundo, sin pensar
de dónde vengo, ni adónde
mis pasos me llevarán.

IV

No digáis que agotado su tesoro,
de asuntos falta, enmudeció la lira;
podrá no haber poetas; pero siempre
habrá poesía.

Mientras las ondas de la luz al beso
palpiten encendidas;
mientras el sol las desgarradas nubes
de fuego y oro vista;

mientras el aire en su regazo lleve
perfumes y armonías;
mientras haya en el mundo primavera,
¡habrá poesía!

Mientras la ciencia a descubrir no alcance
las fuentes de la vida,
y en el mar o en el cielo haya un abismo
que al cálculo resista;

mientras la humanidad siempre avanzando,
no sepa a do camina;
mientras haya un misterio para el hombre,
¡habrá poesía!

Mientras sintamos que se alegra el alma
sin que los labios rían;
mientras se llore sin que el llanto acuda
a nublar la pupila;

mientras el corazón y la cabeza
batallando prosigan;
mientras haya esperanzas y recuerdos,
¡habrá poesía!

Mientras haya unos ojos que reflejen
los ojos que los miran;
mientras responda el labio suspirando
al labio que suspira;

mientras sentirse puedan en un beso
dos almas confundidas;
mientras exista una mujer hermosa,
¡habrá poesía!

V

Espíritu sin nombre,
indefinible esencia,
yo vivo con la vida
sin formas de la idea.

Yo nado en el vacío
del sol tiemblo en la hoguera,
palpito entre las sombras
y floto con las nieblas.

Yo soy el fleco de oro
de la lejana estrella;
yo soy de la alta luna
la luz tibia y serena.

Yo soy la ardiente nube
que en el ocaso ondea;
yo soy del astro errante
la luminosa estela.

Yo soy nieve en las cumbres,
soy fuego en las arenas,
azul onda en los mares
y espuma en las riberas.

En el laúd soy nota,
perfume en la violeta,
fugaz llama en las tumbas
y en las ruinas hiedra.

Yo atrueno en el torrente,
y silbo en la centella,
y ciego en el relámpago
y rujo en la tormenta.

Yo río en los alcores,
susurro en la alta yerba,
suspiro en la onda pura,
y lloro en la hoja seca.

Yo ondulo con los átomos
del humo que se eleva,
y al cielo lento sube
en espiral inmensa.

Yo, en los dorados hilos
que los insectos cuelgan,
me mezclo entre los árboles,
en la ardorosa siesta.

Yo corro tras las ninfas

que en la corriente fresca
del cristalino arroyo
desnudas juguetean.

Yo, en bosque de corales
que alfombran blancas perlas,
persigo en el Océano
las náyades ligeras.

Yo, en las cavernas cóncavas,
do el sol nunca penetra,
mezclándome a los gnomos
contemplo sus riquezas.

Yo busco de los siglos
las ya borradas huellas,
y sé de esos imperios
de que ni el nombre queda.

Yo sigo en raudo vértigo
los mundos que voltean,
y mi pupila abarca
la creación entera.

Yo sé de esas regiones
a do un rumor no llega,

y donde los informes astros
de vida y soplo esperan.

Yo soy sobre el abismo
el puente que atraviesa;
yo soy la ignota escala
que el cielo une a la tierra.

Yo soy el invisible
anillo que sujeta
el mundo de la forma
al mundo de la idea.

Yo, en fin, soy ese espíritu,
desconocida esencia,
perfume misterioso
de que es vaso el poeta.

VII

Del salón en el ángulo oscuro,
de su dueño tal vez olvidada,
silenciosa y cubierta de polvo
veíase el arpa.

¡Cuánta nota dormía en sus cuerdas,
como el pájaro duerme en las ramas,
esperando la mano de nieve
que sabe arrancarlas!

¡Ay! , pensé; cuántas veces el genio
así duerme en el fondo del alma,
y una voz, como Lázaro, espera
que le diga: "¡Levántate y anda!".

X

Los invisibles átomos del aire
en derredor palpitan y se inflaman;
el cielo se deshace en rayos de oro;
la tierra se estremece alborozada;
oigo flotando en olas de armonía
rumor de besos y batir de alas;
mis párpados se cierran... ¿Qué sucede?
—¡Es el amor que pasa!

XI

—Yo soy ardiente, yo soy morena,
yo soy el símbolo de la pasión;
de ansia de goces mi alma está llena.
—¿A mí me buscas? —No es a ti; no.

—Mi frente es pálida; mis trenzas, de oro;
puedo brindarte dichas sin fin;
yo de ternura guardo un tesoro.
—¿A mí me llamas? —No; no es a ti.

—Yo soy un sueño, un imposible,
vano fantasma de niebla y luz;
soy incorpórea, soy intangible;
no puedo amarte. —¡Oh, ven; ven tú!

XII

Porque son, niña, tus ojos
verdes como el mar, te quejas:
verdes los tienen las náyades,
verdes los tuvo Minerva,
y verdes son las pupilas
de las hurís del Profeta.

El verde es gala y ornato
del bosque en la primavera.
Entre sus siete colores
brillante el Iris lo ostenta.
Las esmeraldas son verdes,
verde el color del que espera,
y las ondas del Océano,
y el laurel de los poetas.

Es tu mejilla temprana
rosa de escarcha cubierta,
en que el carmín de los pétalos
se ve a través de las perlas.
Y sin embargo,
sé que te quejas
porque tus ojos
crees que la afean:

pues no lo creas;
que parecen tus pupilas,
húmedas, verdes e inquietas,
tempranas hojas de almendro
que al soplo del aire tiemblan.

Es tu boca de rubíes
purpúrea granada abierta,
que en el estío convida
a apagar la sed en ella.
Y sin embargo,
sé que te quejas
porque tus ojos
crees que la afean:
pues no lo creas,
que parecen, si enojada
tus pupilas centellean,
las olas del mar que rompen
en las cantábricas peñas.

Es tu frente que corona
crespo el oro en ancha trenza,
nevada cumbre en que el día
su postrera luz refleja.
Y sin embargo,
sé que te quejas

porque tus ojos
crees que la afean:
pues no lo creas,
que, entre las rubias pestañas,
junto a las sienes, semejan
broches de esmeralda y oro,
que un blanco armiño sujetan.

XIII

Tu pupila es azul, y cuando ríes,
su claridad suave me recuerda
el trémulo fulgor de la mañana
que en el mar se refleja.

Tu pupila es azul, y cuando lloras,
las transparentes lágrimas en ella
se me figuran gotas de rocío
sobre una violeta.

Tu pupila es azul, y si en su fondo,
como un punto de luz radia una idea
me parece en el cielo de la tarde,
¡una perdida estrella!

XVI

Si al mecer las azules campanillas
de tu balcón,
crees que suspirando pasa el viento
murmurador,
sabe que, oculto entre las verdes hojas,
suspiro yo.

Si al resonar confuso a tus espaldas
vago rumor,
crees que por tu nombre te ha llamado
lejana voz,
sabe que, entre las sombras que te cercan,
te llamo yo.

Si se turba medroso en la alta noche
tu corazón,
al sentir en tus labios un aliento
abrasador,
sabe que, aunque invisible, al lado tuyo
respiro yo.

XVII

Hoy la tierra y los cielos me sonríen;
hoy llega al fondo de mi alma el sol;
hoy la he visto... la he visto y me ha mirado...
¡Hoy creo en Dios!

XXI

¿Qué es poesía?, dices mientras clavas
en mi pupila tu pupila azul;
¿Qué es poesía? ¿Y tú me lo preguntas?
¡Poesía... eres tú!

XXII

¿Cómo vive esa rosa que has prendido
junto a tu corazón?
Nunca hasta ahora contemplé en la tierra
sobre el volcán la flor.

XXV

Cuando en la noche te envuelven
las alas de tul del sueño,
y tus tendidas pestañas
semejan arcos de ébano;
por escuchar los latidos
de tu corazón inquieto,
y reclinar tu dormida
cabeza sobre mi pecho,
diera, alma mía,
cuanto poseo,
¡la luz, el aire
y el pensamiento!

Cuanto se clavan tus ojos
en un invisible objeto,
y tus labios ilumina
de una sonrisa el reflejo;
por leer sobre tu frente
el callado pensamiento
que pasa como la nube
del mar sobre el ancho espejo,
diera, alma mía,
cuanto deseo;

¡la fama, el oro,
la gloria, el genio!

Cuanto enmudece tu lengua,
y se apresura tu aliento,
y tus mejillas se encienden,
y entornas tus ojos negros;
por ver entre tus pestañas
brillar con húmedo fuego
la ardiente chispa que brota
del volcán de los deseos,
diera, alma mía,
por cuanto espero,
¡la fe, el espíritu,
la tierra, el cielo!

XXIX

Sobre la falda tenía
el libro abierto;
en mi mejilla tocaban
sus rizos negros;
no veíamos las letras
ninguno, creo;
mas guardábamos ambos
hondo silencio.
¿Cuánto duró? Ni aun entonces
pude saberlo;
solo sé que no se oía
más que el aliento,
que apresurado escapaba
del labio seco.
Solo sé que nos volvimos
los dos a un tiempo,
y nuestros ojos se hallaron
y sonó un beso.

***

Creación de Dante era el libro,
era su *Infierno*.
Cuando a él bajamos los ojos,

yo dije trémulo:
—¿Comprendes ya que un poema
cabe en un verso?
Y ella respondió encendida:
—¡Ya lo comprendo!

XXX

Asomaba a sus ojos una lágrima
y a mis labios una frase de perdón;
habló el orgullo y se enjugó su llanto,
y la frase en mis labios expiró.

Yo voy por un camino, ella por otro;
pero al pensar en nuestro mutuo amor,
yo digo aún: ¿por qué callé aquel día?
Y ella dirá: ¿por qué no lloré yo?

XXXI

Nuestra pasión fue un trágico sainete
en cuya absurda fábula
lo cómico y lo grave confundidos
risas y llanto arrancan.

Pero fue lo peor de aquella historia
que, al fin de la jornada,
a ella tocaron lágrimas y risas,
¡y a mí solo las lágrimas!

XXXII

Pasaba arrolladora en su hermosura
y el paso le dejé;
ni aun mirarla me volví, y no obstante,
algo en mi oído murmuró: "Esa es".

¿Quién reunió la tarde a la mañana?
Lo ignoro; solo sé
que en una breve noche de verano
se unieron los crepúsculos, y... "fue".

XXXVIII

Los suspiros son aire y van al aire.
Las lágrimas son agua y van al mar.
Dime, mujer: cuando el amor se olvida,
¿sabes tú adónde va?

XXXIX

¿A qué me lo decís? Lo sé: es mudable,
es altanera y vana y caprichosa;
antes que el sentimiento de su alma
brotará el agua de la estéril roca.

Sé que en su corazón, nido de sierpes,
no hay una fibra que al amor responda:
que es una estatua inanimada... pero...
¡es tan hermosa!

XL

Su mano entre mis manos,
sus ojos en mis ojos,
la amorosa cabeza
apoyada en mi hombro.
¡Dios sabe cuántas veces,
con paso perezoso,
hemos vagado juntos
bajo los altos olmos,
que de su casa prestan
misterio y sombra al pórtico!
Y ayer... un año apenas,
pasando como un soplo,
con qué exquisita gracia
con qué admirable aplomo,
me dijo al presentarnos
un amigo oficioso:
"Creo que alguna parte
he visto a usted". ¡Ah!, bobos,
que sois de los salones
comadres de buen tono,
y andáis por allí a caza
de galantes embrollos;
¡Qué historia habéis perdido!
¡Qué manjar tan sabroso

para ser devorado
sotto voce en un corro,
detrás de abanico
de plumas de oro!

***

¡Discreta y casta luna,
copudos y altos olmos,
paredes de su casa,
umbrales de su pórtico,
callad, y que el secreto
no salga con vosotros!
Callad; que por mi parte
lo he vivido todo:
y ella... ella... ¡no hay máscara
semejante a su rostro!

XLI

Tú eras el huracán, y yo la alta
torre que desafía su poder:
¡tenías que estrellarte o que abatirme!...
¡No pudo ser!

Tú eras el Océano, y yo la enhiesta
roca que firme aguarda su vaivén:
¡tenías que romperte o que arrancarme!...
¡No pudo ser!

Hermosa tú, yo altivo; acostumbrados
el uno a arrollar, el otro a no ceder:
la senda estrecha, inevitable el choque...
¡No pudo ser!

XLIV

Como en un libro abierto
leo de tus pupilas en el fondo;
¿a qué fingir el labio
risas que se desmienten con los ojos?

¡Llora! No te avergüences
de confesar que me quisiste un poco.
¡Llora! Nadie nos mira,
Ya ves; soy un hombre... ¡y también lloro!

XLVII

Yo me he asomado a las profundas simas
de la tierra y del cielo,
y les he visto el fin con los ojos,
o con el pensamiento.

Mas, ¡ay!, de un corazón llegué al abismo,
y me incliné por verlo,
y mi alma y mis ojos se turbaron:
¡tan hondo era y tan negro!

L

Lo que el salvaje que con torpe mano
hace de un tronco a su capricho un dios,
y luego ante su obra se arrodilla,
eso hicimos tú y yo.

Dimos formas reales a un fantasma,
de la mente ridícula invención,
y hecho el ídolo ya, sacrificamos
en su altar nuestro amor.

LI

De lo poco de vida que me resta
diera con gusto los mejores años,
por saber lo que a otros
de mí has hablado.

Y esta vida inmortal... y de la eterna
lo que me toque, si me toca algo,
por saber lo que a solas
de mí has pensado.

LII

Olas gigantes que os rompéis bramando
en las playas desiertas y remotas,
envuelto entre la sábana de espumas,
¡llevadme con vosotras!

Ráfagas de huracán, que arrebatáis
del alto bosque las marchitas hojas,
arrastrado en el ciego torbellino,
¡llevadme con vosotras!

Nubes de tempestad, que rompe el rayo
y en fuego ornáis las desprendidas orlas,
arrebatado entre la niebla oscura,
¡llevadme con vosotras!

Llevadme, por piedad, a donde el vértigo
con la razón me arranque la memoria...
¡Por piedad!... ¡Tengo miedo de quedarme
con mi dolor a solas!

LIII

Volverán las oscuras golondrinas
en tu balcón sus nidos a colgar,
y, otra vez, con el ala a sus cristales
jugando llamarán.

Pero aquellas que el vuelo refrenaban
tu hermosura y mi dicha a contemplar,
aquellas que aprendieron nuestros nombres...
esas... ¡no volverán!

Volverán las tupidas madreselvas
de tu jardín las tapias a escalar,
y otra vez a la tarde aún más hermosas,
sus flores se abrirán.

Pero aquellas cuajadas de rocío
cuyas gotas mirábamos temblar
y caer, como lágrimas del día...
esas... ¡no volverán!

Volverán del amor en tus oídos
las palabras ardientes a sonar;
tu corazón de su profundo sueño
tal vez despertará.

Pero mudo y absorto y de rodillas,
como se adora a Dios ante su altar,
como yo te he querido..., desengáñate,
¡así no te querrán!

LVI

Hoy como ayer, mañana como hoy,
¡y siempre igual!
Un cielo gris, un horizonte eterno,
¡y andar... andar!

Moviéndose a compás, como una estúpida
máquina, el corazón:
la torpe inteligencia del cerebro
dormida en un rincón.

El alma, que ambiciona un paraíso,
buscándole sin fe;
fatiga sin objeto, ola que rueda
ignorando por qué.

Voz que incesante con el mismo tono
canta el mismo cantar;
gota de agua monótona que cae,
¡y cae sin cesar!

Así van deslizándose los días
unos de otros en pos,
hoy lo mismo que ayer... y todos ellos
sin goce ni dolor.

¡Ay!, a veces me acuerdo suspirando
del antiguo sufrir...
Amargo es el dolor; pero siquiera,
¡padecer es vivir!

LVIII

¿Quieres que de ese néctar delicioso
no te amargue la hez?
Pues aspírale, acércale a tus labios
y déjale después.

¿Quieres que conservemos una dulce
memoria de este amor?
Pues amémonos hoy mucho, y mañana
digámonos *¡adiós!*

LIX

Yo sé cuál el objeto
de tus suspiros es;
yo conozco la causa de tu dulce
secreta languidez.
¿Te ríes?... Algún día
sabrás, niña, por qué:
tú acaso lo sospechas,

Yo sé lo que tú sueñas,
y lo que en sueños ves;
como en un libro puedo lo que callas
en tu frente leer.
¿Te ríes?... Algún día
sabrás, niña, por qué:
tú acaso lo sospechas,
y yo lo sé.

Yo sé por qué sonríes
y lloras a la vez:
yo penetro en los senos misteriosos
de tu alma de mujer.
¿Te ríes?... Algún día
sabrás, niña, por qué:

mientras tú sientes mucho y nada sabes,
yo que no siento ya, todo lo sé.

81

LX

Mi vida es un erial,
flor que toco se deshoja;
que en mi camino fatal,
alguien va sembrando el mal
para que yo lo recoja.

LXI

Al ver mis horas de fiebre
e insomnio lentas pasar,
a la orilla de mi lecho,
¿quién se sentará?

Cuando la trémula mano
tienda, próximo a expirar,
buscando una mano amiga,
¿quién la estrechará?

Cuando la muerte vidrie
de mis ojos el cristal,
mis párpados aún abiertos,
¿quién los cerrará?

Cuando la campana suene
(si suena en mi funeral),
una oración al oírla,
¿quién murmurará?

Cuando mis pálidos restos
opriman la tierra ya,
sobre la olvidada fosa,
¿quién vendrá a llorar?

Quién, en fin, al otro día,
cuando el sol vuelva a brillar,
de que pasé por el mundo,
¿quién se acordará?

LXVI

¿De dónde vengo?... El más horrible y áspero
de los senderos busca;
las huellas de unos pies ensangrentados
sobre la roca dura;
los despojos de un alma hecha jirones
en las zarzas agudas,
te dirán el camino
que conduce a mi cuna.

¿A dónde voy? El más sombrío y triste
de los páramos cruza,
valle de eternas nieves y de eternas
melancólicas brumas.
En donde esté una piedra solitaria
sin inscripción alguna,
donde habite el olvido,
allí estará mi tumba.

LXVII

¡Qué hermoso es ver el día
coronado de fuego levantarse,
y a su beso de lumbre
brillar las olas y encenderse el aire!

¡Qué hermoso es tras la lluvia
del triste otoño en la azulada tarde,
de las húmedas flores
el perfume beber hasta saciarse!

¡Qué hermoso es cuando en copos
la blanca nieve silenciosa cae,
de las inquietas llamas
ver las rojizas lenguas agitarse!

¡Qué hermoso es cuando hay sueño
dormir bien... y roncar como un sochantre...
y comer... y engordar!... ¡Y qué desgracia
que esto solo no baste!

LXVIII

No sé lo que he soñado
en la noche pasada;
triste, muy triste debió ser el sueño,
pues despierto, la angustia me duraba.

Noté al incorporarme,
húmeda la almohada,
y por primera vez sentí al notarlo,
de un amargo placer henchirse el alma.

Triste cosa es el sueño
que llanto nos arranca;
mas tengo en mi tristeza una alegría...
¡sé que aún me quedan lágrimas!

LXIX

Al brillar un relámpago nacemos,
y aún dura su fulgor cuando morimos:
¡tan corto es el vivir!

La gloria y el amor tras que corremos,
sombras de un sueño son que perseguimos:
¡despertar es morir!

LXXI

No dormía; vagaba en ese limbo
en que cambian de forma los objetos,
misteriosos espacios que separan
la vigilia del sueño.

Las ideas, que en ronda silenciosa
daban vueltas en torno a mi cerebro,
poco a poco en su danza se movían
con un compás más lento.

De la luz que entra al alma por los ojos
los párpados velaban el reflejo,
mas otra luz el mundo de visiones
alumbraba por dentro.

En este punto resonó en mi oído
un rumor semejante al que en el templo
vaga confuso, al terminar los fieles
con un *Amén* sus rezos.

Y oí como una voz delgada y triste
que por mi nombre me llamó a lo lejos,
y sentí olor de cirios apagados,
de humedad y de incienso.

***

Entró la noche, y del olvido en brazos
caí, cual piedra, en su profundo seno.
Dormí, y al despertar exclamé: "¡Alguno
que yo quería ha muerto!".

LXXIII

Cerraron sus ojos
que aún tenía abiertos;
taparon su cara
con un blanco lienzo;
y unos sollozando,
otros en silencio,
de la triste alcoba
todos se salieron.

La luz, que en un vaso
ardía en el suelo,
al muro arrojaba
la sombra del lecho;
y entre aquella sombra
veíase a intervalos,
dibujarse rígida
la forma del cuerpo.

Despertaba el día,
y a su albor primero
con sus mil ruidos
despertaba el pueblo.
Ante aquel contraste
de vida y misterios,

de luz y tinieblas,
medité un momento:
"¡Dios mío, qué solos
se quedan los muertos!".

De la casa en hombros
lleváronla al templo,
y en una capilla
dejaron el féretro.
Allí rodearon
sus pálidos restos
de amarillas velas
y de paños negros.

Al dar de las ánimas
el toque postrero,
acabó una vieja
sus últimos rezos;
cruzó la ancha nave,
las puertas gimieron,
y el santo recinto
quedose desierto.

De un reloj se oía
compasado el péndulo,
y de algunos cirios

el chisporroteo.
Tan medroso y triste,
tan oscuro y yerto
todo se encontraba...
que pensé un momento:
"¡Dios mío, qué solos
se quedan los muertos!".

De la alta campana
la lengua de hierro,
le dio, volteando,
su adiós lastimero.
El luto en las ropas,
amigos y deudos
cruzaron en fila,
formando el cortejo.

Del último asilo,
oscuro y estrecho,
abrió la piqueta
el nicho a un extremo.
Allí la acostaron,
tapiáronle luego,
y con un saludo
despidiose el duelo.

La piqueta al hombro,
el sepulturero
cantando entre dientes
se perdió a lo lejos.
La noche se entraba,
reinaba el silencio;
perdido en las sombras
medité un momento:
"¡Dios mío, qué solos
se quedan los muertos!".

En las largas noches
del helado invierno,
cuando las maderas
crujir hace el viento
y azota los vidrios
el fuerte aguacero,
de la pobre niña
a veces me acuerdo.

Allí cae la lluvia
con un son eterno;
allí la combate
el soplo del cierzo.
Del húmedo muro
tendida en el hueco,

¡acaso de frío
se hielan los huesos!...

***

¿Vuelve el polvo al polvo?
¿Vuela el alma al cielo?
¿Todo es vil materia,
podredumbre y cieno?
No sé; pero hay algo
que explicar no puedo,
que al par nos infunde
repugnancia y duelo,
a dejar tan tristes,
¡tan solos los muertos!

Índice

www.ingramcontent.com/pod-product-compliance
Lightning Source LLC
Chambersburg PA
CBHW030437120726
47903CB00003B/1007